어찌하면 좋을까
나와 당신을

무얼 하고 무엇을 찾아도
가슴은 비어 있고

사막의 모래바람이 일듯
황폐한 시간만 흘러갑니다.

'마음이 펜을 들게 했던 표현들을 세상 밖으로 꺼내 보자.'
이 결심을 하기 전까지 그랬습니다.

저 깊은 곳에 샘이 터져 넘치듯

마음 안에서 새어 넘치는 표현들을 하나씩 붙잡아
글로 옮겨 보았습니다.

평범한 한 사람의 이야기를 글로 쓰고 표현할 수 있는 시절

누구나 실행하면
원하던 일, 꿈꾸던 모습에
한 발이라도 들어가 볼 수 있는 시절을
젊은이로 살게 되어 감사합니다.

차례

서문 · 010

달맞이꽃 이야기

달맞이꽃 이야기 · 012

지나온 나날들

지나온 나날들 · 018

글을 쓰려는 이유 · 019

성숙 · 020

달맞이꽃 사랑가 · 021

달맞이꽃 · 023

별이 가장 밝은 밤이 오면 · 024

슬픔 · 025

우리를 보았다 · 026

떨어지는 별에 묻은 꿈을 바라보다 · 028

예지몽 · 030

길가에 피어난 꽃을 사랑하다 · 031

후회 · 033

두 개의 심장 · 034

길가에 버려진 장미를 보다 · 037

이미 지나 버린 일이온데 · 039

그리움 · 040

낡은 운동화 · 041

잃어버린 것, 놓아 버린 것 · 042

삶을 향해 고함! · 043

회고 · 044

질문합니다 · 046

사람 사이를 생각해 보다 · 048

여행을 떠나야겠다 · 049

여행자의 쉼터 · 050

헌책방 골목 · 052

여행의 막바지 · 053

어린 시절 꿈속에 · 055

장미와 하루살이

장미와 하루살이 · 058

그래도 사랑

그래도, 사랑 · 062

기도 · 064

우리는 조약돌 · 066

초라함이 짓는 글 · 067

당신 없는 밤 · 068

홀로 시작하는 약속 · 069

불안 · 070

확신 · 071

꿈꾸는 시간 · 072

마음이 호수가 되기를 · 073

먼저 걸었던 분께 · 074

시를 쓰는 날 · 075

겨울 · 076

안부 · 077

신에게는 세 가지 시간을 동시에 볼 수 있는 눈이 있다고 합니다 · 078

별과 나 · 080

바다 앞에서 · 082

당신이 걷는 길 · 083

소망 · 084

내 이야기 좀 들어 볼래요? · 085

달팽이 마음 · 086

어찌하면 좋을까 나와 당신을 · 088

두 번째 뜨는 달 · 090

글 잣는 밤 · 091

정읍사를 읊으며 · 092

손 편지 · 093

시 · 094

바람과 바람 · 095

고운 마음 밭을 먼저 일구면 · 097

우리의 시간 · 098

반쪽의 밤 · 099

그 시절 당신이 · 100

당신의 눈물을 보는 날 · 102

함께 맞이하는 계절 · 103

우리의 마음을 뭐라고 할까 · 104

사는 의미 · 105

당신의 겨울에 · 106

마음 밭 농부

마음 밭 농부 · 108

희망하며

희망하며 · 114

장마 · 116

봄이 옵니까 · 117

바라건대 · 118

비웃지 마셔요 · 119

어떤 밤 · 120

어떤 밤 2 · 121

젊은이의 기도 · 122

부탁 · 123

의지 · 124

이정표 · 125

어제를 걸어 멈춰 선, 오늘 · 127

나는 행복한 사람이다 · 129

행복하길 · 130

가을은 말한다 · 131

한겨울에 · 133

늦었더라도 · 134

기도문 · 136

남은 삶을 바라보는 기도 · 138

다 태우고 있습니다 · 140

무엇이 남아 있는가 · 142

눈 감은 마음과 눈 어두운 마음이 흐르는 밤하늘에 · 143

새벽을 향하여 · 144

아침을 꿈꾸는 · 145

만약, 나에게 · 146

유언 · 147

바라본다 · 148

글을 쓰는 사람이라 말하기 부끄럽지만
글을 쓴 이의 변명

서문

목소리를 잃어버린 시간
당신의 입술을 빌려서라도
이야기를 전하고 싶다.

나는 말 잘하는 사람이 못되어
그대들의 대화에 참여하기가
참 부끄럽지만

우연이라도 이곳에 손이 닿아
첫 글을 열어 보실 당신께
진심이 전해지기를.

달맞이꽃 이야기

달맞이꽃 이야기

해바라기꽃들 옆에 피어난 달맞이꽃이 있었습니다.

해바라기꽃들은 모두 해의 이야기로 하루를 채웠습니다.
해님의 사랑을 받으려면 어떻게 하면 좋을까?
해님은 하늘 높이 있으니까 우리가 키가 크면
해님을 가까이 볼 수 있지 않을까?

달맞이꽃도 해의 사랑을 받고 싶었습니다.

그리고 매일 밤,
달맞이꽃을 찾아오는 달에게
해를 사랑하는 자신의 마음을 이야기했습니다.

뜨거운 여름, 햇빛이 가장 강하게 비치는 시간

해바라기들은 해의 사랑을 받으며 쑥쑥 키가 커 갑니다.
하지만 달맞이꽃은
해바라기만큼 키가 크지 못해서 햇빛을 충분히 받을 수 없습니다.

달맞이꽃에게 여름은 유독 힘겹습니다.
뜨거운 태양 빛에 꽃잎이 타들어 가는 것처럼 고통스럽습니다.

가장 견디기 힘든 한낮이 지나가고 밤이 오면
어김없이 달은 달맞이꽃을 찾아옵니다.

이유는 알 수 없지만
오늘 보는 달의 얼굴은 야위었습니다.
그런 달의 마음도 얼굴도 보지 못하고
달맞이꽃은 해의 사랑을 받지 못해 슬프다고 이야기합니다.

모두가 사랑하는 해의 사랑을 받기 위해
나도 힘껏 줄기를 뻗어 보지만 역부족이야.

키 큰 해바라기 옆에 있으니까,
해가 내 얼굴 한번 보기는 할까?
내가 사랑한다고 알기는 할까?
알 수 없겠지.

밤의 끝자락

달의 얼굴은 더 야위어 갑니다.

온 힘을 다해
달의 은은한 밝은 빛을 달맞이꽃에게 보냅니다.

달맞이꽃의 시들었던 꽃잎은
노랗고 사랑스럽습니다.
꽃잎을 받치는 줄기는 짙은 연둣빛으로 갈아입었습니다.

작고 노란 달의 빛을 닮은 꽃잎이
다칠까 염려스러워
강한 빛을 내지 않는 달입니다.

달의 얼굴은 사라져 갑니다.
별들도 그들의 집으로 들어가 문을 닫습니다.
아침이 밝아오기 때문입니다.

달이 남긴 이야기가
아침을 지나 뜨거운 한낮이 되도록
달맞이꽃의 귓가에 맴돌고 있습니다.

너는 달맞이꽃이니까
내가 다시 찾아올 시간에
더 아름답게 피어날 꽃이니까.

정오,
뜨거운 태양의 시간
해바라기들은 푸르고 무성하게 하늘을 향해 자라납니다.

하지만
달맞이꽃은 뜨거운 태양 빛이 힘겹습니다.

소리 없는 달의 눈물을 기억합니다.
작아져 가던 달의 얼굴을 이제야 봅니다.

달빛을 받아
선명한 빛깔을 갈아입던 밤을 기억합니다.
선선함으로 품어 주었던 달의 시간을 그리워합니다.

한낮의 더위는 달의 사랑을 깨닫게 하는
기쁜 고난입니다.

언젠가 돌아올 밤을 맞이하기 위해
정성을 모아 둘 시간입니다.

다시 둥근달의 얼굴을 만나면 꼭 말해야겠습니다.
사랑해, 나의 달.

지나온 나날들

지나온 나날들

누구에게나 있을 법한
나에게도 있었던

그렇고 그런
흔한 이야기.

글을 쓰려는 이유

고르고 모아 둔 표현들을 통해서라도
솔직하게 살고 싶다.

있는 그대로 나를 다 드러내어도
유일하게 품어 주는 곳이
글뿐이다.

꼭 전해야 할 마음이
가득 남아 있기 때문이다.

성숙

어른이 된다는 건
많이 아프고 난 뒤 면역이 생기는 것과
넘어져 생긴 상처가 쓰라린 것과 같은 과정을 거쳐
얻을 수 있는 흉터인지도 모르겠다.
.
.
.

싱그러운 스무 살을 갓 지나
아프기도, 슬프기도, 불안함도 가졌건만

새봄을 맞아 어김없이 피어나는
꽃봉오리들을 보며

오늘도 웃는다.

달맞이꽃 사랑가

나의 두 눈에 담아 둔
저 푸른 별빛과 은은한 달의 기운을
찾을 수 있다면

잿빛 구름에 달이 가리어
혼탁한 밤이라도
늘 정돈하여 열어 둔 창문을
두드려 주세요.

혹여, 당신의 발걸음이 더뎌
기다림이 길어져
내 창에 서리가 내리며
안개 자욱한 새벽녘에 이르더라도

호기심 가득한
노오란 햇병아리가
초록빛 세상 속을 처음으로 마중 나갈
두근거림을
붉어진 두 뺨에 단장하고 있겠습니다.

그러다 다시 찾아든
깜깜한 밤

수줍은 듯 비치는 당신의 얼굴이 보인다면,
어느새 당신을 닮은 그 빛깔로
나는 피어 있겠습니다.

달맞이꽃

모든 꽃이
해를 사랑할 수 없기에
밤을 기다리는 꽃

치열하고 부산한
한낮을 견디며

어두운 땅 위에서
피어날 수 있는 꽃

길고 고요한 밤
별들의 축하 속에
달의 사랑을 받는

어여쁜 꽃.

별이 가장 밝은 밤이 오면

별이 가장 밝은 밤이 오면
함께, 시 한 편 쓰자.

슬픔

꿈이 있는 마음은
반짝이는 별이 되어 밝게 빛난다.

어린 시절 그렇게도 빛나던 몇 개의 별들을

어른이 되어서는
하나씩 떨어뜨리라고 한다.

그 밝던 희망과 기쁨들을 하나씩 지워 가며
어두워진 밤 아래 사는 것이
맞다고 한다.

슬프지 않은가.

우리를 보았다

고개 숙여 걷던 출근길
가파른 잿빛 건물 숲 사이
차가운 연장들이 던져진 길가의 스러져 가는 나무 위
절박한 새의 비명을 들었다.

연약한 나뭇가지 위 빈약한 둥지의
짹짹거리던
어린 새의 울음과 함께

작고 볼품없는 나무를 배회하는
굶주린 도둑고양이 때문에 불안했던지

까악까악- 우는 소리가 쇳소리로 변하도록
외쳐대는 한 마리 새에게서
너와 나의 모습을 보았다.

푸른 꿈과 하늘빛 희망을 밀쳐 낸
검은 길과 회색빛 가로지른 아파트 우림 사이에
겨우 한 움큼 움켜쥔 기계처럼 찍힌 미래에 쫓기며

표정 없는 얼굴로 간신히 마주 보던

그런 젊은 날을 살아가는

우리를 보았다.

떨어지는 별에 묻은 꿈을 바라보다

오늘 밤, 하나의 별이 떨어져
피가 철철 흐른다.

다른 밤, 하나의 별이 떨어져
피가 철철 흐른다.

너와 나는 같은 공장에서 만들어 낸
철창 안에 사는
한 쌍의 앵무새다.

우리는 높고 드넓은 하늘과 초원을
날 수가 없다.

울창한 나무들 우거진 숲의 깊이와
호수의 투명함도
꿈꿀 수 없다.

단지 숨 쉬는 기계처럼
똑같은 재잘거림을 강요받은
어린 새다.

아직 철창을 부수 울 힘이 없는
우리이기에

더 어둑해진 새벽
떨어지는 별과 함께 묻어 둔 꿈을

핏기 잃은 얼굴로 바라보던
너와 나다.

예지몽

아니기를 바란다.
아니기만 바라

깊고 험한 강 맞은편
바라만 보는
너 그리고 나

아니기를 바란다.
아니기만 바라

강 맞은편 너는
보이지 않고
고개 돌려 나만 서 있는 지금

아니기를
아니기만 바란다.

길가에 피어난 꽃을 사랑하다

지난밤의 어둠을 미처 밀어내지 못한 아침
대문을 서너 발자국 나선 길에 피어난
들꽃이라 부르는
이름 모를 너를 사랑하였다.

화려하지는 않았지만
너의 미소는
밤새 두 어깨를 짓누르던
고단함을 거두어 주었고,

처음 만난 소녀의 붉어진 두 볼처럼
수줍게 물든 너의 얼굴이
내 가슴을 소란스레
움직이게 하였다.

허나, 너는 들꽃이라
허나, 너는 길가에 피어난 꽃이라

나 홀로 가질 미소가 아니라
나 홀로 가질 빛깔이 아니라

그런데도
너를 꺾어, 내 책상에 놓아 두었다.

너는, 점점 생기를 잃어
기쁘게 하고 들뜨게 하던
아름다움이 시들어 버렸구나.

축 늘어진 너의 잎들과
점점 옅어지는 너의 색깔이

힘없이 돌아서 걷던
첫 연인의 마지막 모습과도 같구나.

후회

내가 남들만큼만 되었더라면

그 시절과 그 시선을
모르는 척하지 않았을 것을

안타까운 것은
나아가지도 움츠리지도 못하는
나 자신인 것을

어떻게 말할 수 있겠니.

죄인처럼
마음 숙여 살아야 할 세월을

언제까지 세어 보아야겠니.

두 개의 심장

내 안의 뜨거운 심장이 말했다.

제 주인에게는 두 개의 심장이 있다.

하나는 붉은 피가 흐르는 저 자신이고
또 다른 심장은 유리로 된 작고 여린 마음이라고.

작아서 약하고
약해서 금방이라도 깨져 버릴 것만 같았고
여려서
여려서 혹 상처라도 입을까.

저 자신의 품에 조심스레 품었다.

그렇게 조심했건만
그 작은 여린 마음은

괜한 자격지심에 따뜻한 말 한번 못 해 보고
보내 버린 귀한 인연에

무엇보다 오래도록
가까운 곳에 있으리라 알고 있던 사람이

계절이 다 된 홑씨처럼 지친 몸을
바람에 실어 멀어져 버린 때에

그 마음과 계절을 떠나보내고
홀로 남은 쓸쓸함과

지난 아픔으로 인한 통증이
다시금 몰려올 때마다 생긴
작은 균열들이 모여

아름답지만
약한 유리이기에
이기지 못하고

끝내, 깨져 버렸다.

그렇게 꼭 끌어안은 채
산산조각이 나 버려서
자신의 혈맥 곳곳에 유리 조각들이 박혀 버렸다.

그 박힌 조각들을 미처
치워 낼 생각도 못 해 본 채
깊숙이도 파고들어

상처 위에 상처를 만들어 흉터가 되었고
흉터 위에 다시금 상처를 덧내어

아물 날 없이
세월을 보내고 있다고

그래서 당신의 마음이 아프다고

새벽이 울리도록 잠을 못 이룬 내게
가만히

내 안의 뜨거운 심장이 말했다.

길가에 버려진 장미를 보다

누군가 연인을 위해 준비했던
설레는 마음 담은
붉고 선명한 잎을 가졌었겠지.

떨리는 손으로 전해 주며
사랑하는 이를 미소 짓게 할 만큼
짙은 향기도 가졌겠지.

허나,
무참히도 시간의 칼날에 베여
빠알간 빛깔도 향기도
스러지고야 말았구나.

그런데도
가냘픈 가시를 세워
탁한 먼지 뒤덮인 골목 구석퉁이에서도
건포도 마냥 바짝 말라 버린
너의 마지막 빛깔을 지키려 하구나.

짓이겨진 너의 시든 잎에도
아랑곳하지 않고

너는 장미로다.

이미 지나 버린 일이온데

이미 지나 버린 일이온데
여고 시절 설익은 청포도 빛 설렘을
거칠고 투박한 두 손에 담아 주십니까.

이미 지나 버린 일이온데
태어나 처음 입술에 진달래 봉오리 색 물들인
수줍음을
바짝 마른입이 대답하기를 바라십니까.

모두 지나 버린 일이온데
왜 이제야 두근거리며 처음 받아 든 환한 향기를

너덜너덜 해어진 마음의 상자 안에
넣어 주십니까.

그리움

눈을 감으면
그제야

펼쳐 볼 수 있는 기억들.

낡은 운동화

도시 변두리 길을 걷다
전봇대 옆 구석에 버려진

낡고 해진 운동화가 보인다.

참 열심히도 살았고, 사랑했던
어떤 이의 여정을

꽤 오랜 시간 함께 했을 테지.

지금은 낡아서 잊혀 버렸지만
한때는

부지런히 삶의 거리를 걷고 뛰던
사랑의 걸음이었으리라.
열정이었으리라.

잃어버린 것, 놓아 버린 것

잃어버린 것
놓아 버린 것

남은 것이라곤
빈방에 앉아

어두운 밤하늘 올려다본 달이
시시각각 변하듯

숱한 낮과 밤을 보내는 것
그뿐이더라도.

삶을 향해 고함!

거친 역경의 파도가
내 허리를 감싸며
희망의 배를 뒤덮어도

내 두 눈은
머지않아 찾게 될
푸른 대지를 바라볼 것이며

모진 가시덤불이
두 다리를 에워싸며
내 연한 피부에 붉은 고난을 준다 하여도

있는 힘껏
고개를 들어
두 팔을 뻗어

하늘을 향해
밝은 태양을 꿈꾸며
살아가리라!

회고

동등하지 않은 힘의 차이에
밟혀서 아팠고

나 역시 분노에 씌어 밟아댄
성난 마음들에게 되돌려 받은
창과 화살을 맞고
잔허에 홀로 쓰러져 더욱 아프다.

바람은 욕심이고
욕심은 냉혹한 마음이 차지하는 것이라야
이치에 맞다 하지만

그렇게 살지 않더라도
바랄 수 있는 세계를 열 수만 있다면

붉은 피가 다 타도록
살아 볼 만한 것이니

어디를 향해 걸을 것인가.
별들이 지는 밤을 지고
조금 더 걷자.

질문합니다

우주에서 먼지 같은 사람 안에
우주를 담고 있다면

한 사람이 우주보다 큰 것입니까?

혹시, 그렇다고 대답하신다면

우주보다 큰 존재들을
하찮게 여기는 까닭은 무엇입니까?

어차피 사람은 우주 앞에
먼지 같은 존재이니
털어 내면 그만입니까?

이렇게 돌아가는 세상은 어떻게 된 것입니까?

우주를 바라보면
우리가 이름을 알거나 모르거나
수많은 별은
각자의 경로를 따라 움직이는 질서가 있겠지요.

그런데
그 세계를 품는 사람은 모두

'같은 경로로 움직여라.'
강요받습니다.

그대와 또 그대들은
각자의 삶의 경로를 운행하는 것일 텐데

'엇나갔다, 빗나갔다, 느리다, 틀렸다.'

그 기준은 누가 정한 것입니까?

사람 사이를 생각해 보다

가깝게 다가가자니 뜨거워서 다치고
멀리 떨어지려니 차가워서 시리다.

어쩌면 하나하나의 마음들은
여리고 보드라운지도 모른다.
어린 아기의 살결처럼

진심들이 투명하게 비칠 때
감당해야 할 날 선 시선들이 두려워

단단하고 두꺼운 가면을 방패 삼아
가장 본연의 얼굴을 가리고
안심한 듯 보이지만

내가 너를 볼 수 없고
너도 내게 올 수 없는 이유가 되어

외로움에 갇혀 있는 듯하다.

여행을 떠나야겠다

사랑이 있던 자리를
기억 속에 담아

아프던 기억들을
가방 안에 꾹꾹 눌러 담아

잃어버릴 것은 잃어버리고
떠나보낼 것은 떠나보내면서

여행을 살자.

삶을 돌아보니
소풍이었노라 말하였던
시인의 글 한 구절에

정말로 그러하였노라고
말할 수 있도록.

여행자의 쉼터

낯선 고을의 밤
보이는 것이라곤
까만 하늘의 희미한 별 하나뿐인 길을
걷는 이가 있습니다.

낡은 배낭
밑창이 닳고 흙 묻은 신발
발 길이 닳았던 헌책방에서 구입한
시집 한 권
절반을 채워 넣은 스케치북

이것이
이 여행자의 전부입니다.

퉁퉁 부어오른 두 다리를 이끌고 걷다
주린 배를 채울 수 있는
식당 하나 보입니다.

인자한 주인장
따뜻한 김이 피어오르는 국과 쌀밥
이 집 따님도 여행으로 자리를 비웠다는 이야기

문득 떠오르는 이가 있습니다.

교복 입은 철부지
현관문을 열면
돌아가던 재봉틀 소리 멈추고
두 팔 벌려 맞아 주시던

아, 나의 어머니!

그때, 어머니께서
차려 주시던 따뜻한 밥상

어머니께서는
길 모르는 삶을 여행하는 이에게
쉴 곳을 내어주십니다.

헌책방 골목

먼지 냄새, 낡은 종이 냄새
누렇게 변색된
조용히 잠들어 있는 이야기들

책방지기의 추천 따라
몇 권 펼쳐 본
흑백 사진 같은 이야기들

유난히 높은 하늘 밑
이야기 창고들 사이 가로지른 길

손에 든 책 한 권
귀중한 삶이 들어 있는
보물 하나.

여행의 막바지

긴긴 여행의 막바지
숙소에 풀어 놓았던 짐을 정리해야겠다.
이 여정을 마무리하고
집으로 돌아가면

어머니가 차려 주시는 김칫국에 따뜻한 밥 한 공기
뚝딱 해치우고
안락한 의자에 노곤한 몸을 기대앉아
여행 중 우연히 발견한 헌책방에서 골라 온
손때 묻은 책을 무릎 위에 펼쳐 놓겠지.

그리고 그 옆으로
궁금쟁이 엄마
이것저것 물으실 거야.

펼쳐 놓은 책 한 페이지도 못 넘긴 채로
오랜만에 들은 어머니의 목소리도
점점 작아지는 고요한 자장가 삼아

행복한 꿈을 꾸게 될 것 같아.
여행 중 만났던 이야기들을
다시 만나는 꿈

그리고 꿈에서 깨어나면

아담한 방에 쌓인 먼지도 털어 내고
밑창이 너덜너덜해진 신발도 고쳐 내며
다시 일상을 준비하겠지.

어린 시절 꿈속에

잠이 든 우리 아기
무슨 꿈을 꿀까.

오솔길 걸어가서
예쁜 꽃을 꺾어

꽃반지 만들어서
품 안에 품고

엄마의 고운 손에
끼워 드릴까.

장미와 하루살이

장미와 하루살이

새벽이슬이 떨어진 아침
나는 태어났습니다.
하루살이
나를 그렇게 부릅니다.

반짝반짝 태양이 보입니다.
내 날개에 힘이 생깁니다.
부-앙 하늘을 향해 날아오릅니다.

너는 하루만 살 수 있어, 시간을 낭비하면 안 돼.
무당벌레 아주머니가 말했습니다.

하루만 살아도 좋아, 태양 곁으로 갈 거야.
태양의 힘이 거세어진 한낮, 내 날개는 힘을 잃어 갑니다.
툭-
나는 화단으로 떨어지고 말았습니다.

무슨 향기지? 어디서 나는 향기일까?
빨간 꽃이 피어 있었습니다.

그 이름은 장미

태어나 이렇게 아름다운 것은 처음 보았습니다.

장미를 위해서라면 무엇이라도 구해 주고 싶습니다.

나를 위해 날개를 내어줄래?

장미 앞으로 날개를 내어놓았습니다.

가까이에서

장미, 네 얼굴을 보고 싶어.

남아 있는 다리로 장미꽃의 줄기를 기어올랐습니다.

그러다 그만

아앗-

가시에 심장을 찔리고 말았습니다.

장미 줄기를 놓치고 바닥으로 굴러떨어집니다.

다시 장미에게 묻습니다.

장미, 그대를 가까이 보려면 내가 무엇을 더 주면 돼?

네 눈을 내어줄래?

장미의 사랑을 바라며 하루는 저물어 갑니다.
아름다운 장미의 사랑을 얻을 수 있다면

하늘이 어둑해지기 직전, 마지막 힘으로 눈을 내려놓습니다.

투두두둑ㅡ.

심장이 너무 아픕니다.
앞은 보이지 않습니다.

내 눈은 장미를 봅니까?
심장이 달리지 않은 눈이 무엇을 본들
무슨 소용이 있습니까?

혹시 하늘이 어둑해집니까?
내 의식도 밤하늘에 섞이려 합니다.

나는 이렇게 죽어 가나 봅니다.

그래도 사랑

그래도, 사랑

꽤 긴 거리를 나서야 할 것 같으니
신발 끈 단단히 묶고

익숙한 동네를 떠나
처음 발 들인 낯선 마을 너머

금방이라도
하늘 아래 쏟아질 듯
구름 걸린 산을 오르고 내려

냇가를 따라 강을 만나
강이 길을 일러 준 파란 바다 앞

더 이상 걸을 수 없어
멈춰 선 마음을
아는 이 하나 없는

바람만 오고 가는 곳

버리지 않고
남아 있는 것 하나 있다면

그래도, 사랑.

기도

마음에 아픔이 머물러 있는 사람은
날 선 상처들로 오려 낸 파편들을 남겨
다른 아픔을 새긴다.

마음에 기쁨이 머물러 있는 사람은
어두운 골방에서도
작은 촛불을 밝혀
다른 기쁨을 전한다.

어제까지의 내 아픔이
내 탁자 앞에 마주 앉아 있던
그 여러 계절과 상관없이

오늘 내 창을 두드려
살며시 찾아온 기쁨이

내일 만나게 될
당신에게도 미소 짓기를
바라는 마음으로

두 손을 모은다.

우리는 조약돌

우리는 모난 조약돌

두 손을 맞잡고
흐르는 물살에 몸을 실어

둥글게 닳아 가면 좋으련만.

초라함이 짓는 글

내가 굳건히 나를 볼 수 없어서
고개를 들고
당신을 마주 볼 수 없었습니다.

당신의 시선을 마음에 담아
내 작은 방으로 돌아온 저녁
글을 쓰며 남겨 두는 이유는

당신을 알게 되고
사소하지만 참 많이도 기쁘던 날들이

시간이라 해도
희미하게 지워 버릴 수 없도록

오래오래 기억할 수 있도록
붙들어 두고 싶기 때문입니다.

당신 없는 밤

여기저기 빛나던 소리들을
어둠이 잠재운 시간

하루가 져야만
내일이 찾아올 테니

반드시 겪어야만 할 어둠이라면
네가 저무는 때에는
내 시끄러운 마음도 거두어 가 주렴

평온해진 내 마음에
언젠가 그 사람 들어와

몇 번이고 찾아올 내일을
나와 함께 맞이하도록

내 소원 한 번만 들어주렴.

홀로 시작하는 약속

누구나 자신만의 어두움을 가지고 있다면

우리가 맞닿지 못하는 이유이기에

나를 둘러싼 이 어두운 벽을 박차고 나아가
거기 맞은편에 갇힌 당신께 가려 합니다.

꼭, 꼭, 꼭.

불안

많이 늦더라도
한 번은 꼭
마주할 우리이기에

마음은 언제나 달리고 있었는데

손에 쥐어진
발에 채워진

삶이 생각이 무거워서
겨우겨우
이제야 올 수 있었다고

말이라도 변명이라도

할 수 있을 기회 한 번이
더 빨리 달아나 버렸다고 하면

어쩌면 좋지.

확신

지금까지 쌓아 올린 모든 것
다 거두어도

사랑,

하나만 남아 있다면.

꿈꾸는 시간

나에게 어떤 사람이 되어 달라
요구할 것이 아니라

지나온 이야기들
품을 수 있을 만큼
넓고 깊은 사람이 되기를

무던히 애쓰며 살기로 합니다.

이전보다 넓게 마련한 마음 안에
올려다본, 두 눈에 담겨 있는,
소중함이 다시 가까워지는 날

혹시 온다면
마주 봐야죠.

꿈같은 일이죠.

마음이 호수가 되기를

당신이 사모하는
하늘을 담기 위해
호수가 되려 합니다.

뜨거운 태양도
시원한 물줄기로 가려 놓을 테니
쉬어 갔으면 합니다.

변덕스러운 하늘이
낮을 밤으로 바꾸어 놓은
어둑한 때에도

남아 있는 별과 달을 담아
거울처럼 비추게 하여
황홀한 풍경을 선사하려 합니다.

먼저 걸었던 분께

당신이 먼저 지나온 시간을
이제 내가 지나갑니다.

공부에 파묻힌 학도였습니까?

이전과 다르게 주어진 자리에서
숱하게 깨지고 부서지던 날들이
당신께도 있었습니까?

동화에 나오는 이야기처럼 살겠거니 했던 마음과
두 발이 딛고 선 곳이 어울릴 수 없다는 것은
언제쯤 아셨습니까?

어떤 날에는 놓을 수 없는 꿈을 부여잡고
지난밤 반짝이던 별들이 스러진 새벽녘에
고단한 잠을 청해 본 적 있었습니까?

마음속을 흔들어 대는
노래와 시 한 편을 읊으며
많은 생각을 해 봅니다.

시를 쓰는 날

표현 못 한 마음들이
시가 되어

그렇게 그립고 아쉽고
안타까운 날에는

시처럼, 노래처럼
마음이라도 몇 줄 쓰고
읊어야지.

겨울

당신과
마지막 인사한 그때가
겨울

그 이후
나에게는

민들레꽃 피는 겨울
무더운 매미 우는 겨울
노란 은행 나뭇잎 내리는 겨울

그리고 다시

겨울.

안부

여기는 지금 하얀 눈이 오는데
참 포근하네요.

당신을 감싸는 하늘도 포근한가요?

신에게는 세 가지 시간을
동시에 볼 수 있는 눈이 있다고 합니다

신에게는 세 가지 시간을
동시에 볼 수 있는 눈이 있다고 합니다

하나, 과거를 보는 눈
두울, 현재를 보는 눈
세엣, 미래를 보는 눈

각 시간의 차원이 동시에 보이기 때문에
미래를 미리 알 수 있으며
과거를 돌아보며 지금을 아는 것이라
그렇게 전해 들었습니다.

하지만
우리에게는 그런 능력이 없지요.

이미 우리가 함께 머물렀던 그때와
마지막 인사를 나누던 때는 과거가 되었습니다.

그 과거를 떠올리며
그립다 글을 짓는 지금은 현재가 되었습니다.

우리에게 신과 같은 눈이 없어
미래는 알 수 없지만

한 가지만 보여 달라고
나는 떼쓰며 기도합니다.

그때 보았던 마음
그대로 가지고 있다면

몇 번과 몇 날의 내일을 걷다가
우리가 다시 마주 보는 장면을

꼭 보여 달라고
나는 떼쓰며 기도합니다.

별과 나

밤하늘 뜬 별이
닿을 수 없는 높은 곳에 있더라도

언제나 그 자리에서 빛나고 있기에
그 반짝이는 별 하나 바라보며
길을 잃지 않습니다.

욕심인 줄은 알면서도
한 번이라도 더 가까이에서 보고 싶다면

높이 계신 당신이 내려와야 할지
내가 손이라도 뻗어 잡아 올려 달라
당신께 떼써야 할지
모르겠습니다.

그렇더라도
높이, 높이
빛나는 곳에 계시어요.

그래야 길잡이 삼아
오늘 오를 이 언덕을
제가, 넘어설 수 있습니다.

바다 앞에서

바다를 그리워하면서도
두려워합니다.

아래, 아래
그 깊이에

어떤 이야기들을 담고 계십니까?

바로 곁에 와 있으면서도
들어가 볼 수는 없어서

가늠만 해 볼 뿐입니다.

당신이 걷는 길

살아오면서
내가 짊어진 그늘이
당신마저 덮어 버리지 않기를

일을 마치고 돌아가는
당신이 걷는 길

가로등 하나
밝혀 두려 합니다.

소망

순간순간의 기도가 모여
소망이 이루어지는 날

먼게만 보였던
나와 당신의 사이에
다리를 놓고

달려갈 겁니다.

내 이야기 좀 들어 볼래요?

미리 닦인 길이 있었다면
편히 다가갈 수 있었겠지만

구불구불 길을 돌아
시간이 걸리더라도
어떤 일이 가로막아도

꼭! 도착할 테니까
그때, 많은 이야기를 해 드리지요.

달팽이 마음

달팽이가 달리는 소리를 들어 본 적 있나요?

우리의 귀에는 들리지 않지만
그들의 마음에는 들리겠지요.

그때 그렇게 이야기했었죠.

거대한 어떤 피조물의 손가락으로 들어 올리면
가볍기 짝이 없는
그들의 등에 짊어진 집 한 채라도

온 삶을 바쳐 마련한 그들만의 정성을 짊어지고
기쁨으로 사랑하는 이를 향해 달리는 중이라고
그렇게 말했었죠.

다만
사람의 속도와 그들의 속도가 다를 뿐

그들의 마음은 서로에게 닿을 날 있다는
그런 이야기

그렇게 작은 생명을 바라보던 시선으로
여기를 보세요.

내 등에 짊어지고 갈
세상의 모든 아름다운 마음들을
마련해 두고 있습니다.

기쁨, 희망, 응원, 사랑, 행복
무엇 하나라도 빠뜨릴 수가 없어서
모두 짊어지고 달리기로 했습니다.

느리더라도 멈추어 있는 것이 아닙니다.

그 작은 생명을 바라보던 시선으로
나를 보세요.

어찌하면 좋을까 나와 당신을

유난히 달이 빛나던 밤하늘 아래
마주한 우리는

가자의 낮을 걷는 동안
지독히도 외로웠던 사람들이었나 보다.

말없이 마주한 눈빛에도
허물어져 버렸으니까.

그 소란스럽던 당신의 낮이 거두어지고
그렇게도 따가웠던 나의 한낮이 물러간
동그란 달 아래 고요한 시간

이제야 겨우,
같은 표정을 짓고 바라보는
당신과 나

우리가 있다.

유난히 빛나는 달이 높이 뜬 밤
마주한 우리는

고단한 어제를 뒤로하고
새벽이 올 때까지 기댈 수 있는

서로가 필요했다.

어찌하면 좋을까.
그런 나와 당신을.

두 번째 뜨는 달

달이 빛나는 밤경치가
노란 꽃잎에 스며들어
보드라운 한 송이 다시 피어난다.

한낮의 소란스러움 뒤로 물러나 있던 당신

뜨거운 태양보다 타오르는 한낮보다
저녁의 선선함이 당신이라 할 수 있다.

당신을 따라 나도

두 번째 뜨는 달이 되어
이 저녁에 머무를까.

글 잣는 밤

표현 못 한 마음들이
가느다란 실처럼 줄을 지어

물레 돌려 글을 잣는 이 밤

그리움에 지샌 밤
별똥별 내리던 날 바라던 소원은

한 편의 시가 되어

이 마음에 끝나지 않는
소리 없는 노래로 남아 있네.

정읍사를 읊으며

아주 오래전
그 절절한 노래 한 구절

내 손에 전해져
다시 노래가 됩니다.

그 여인과 같은 심정으로
하나하나의 낱말을 모아

문장을 지어 가는
내 마음도

전해지는 날
언제입니까?

손 편지

고백하고 싶어서요.

몇 번을 썼다 지웠다
하루를 꼬박 그렇게 보냈어요.

꾹꾹 눌러 쓴
마음을 담은 문장들을

천천히 손가락으로 짚어 읽었다면

활짝 웃는 얼굴 한 번만
보고 싶어서요.

시

이렇게 말하기에는
부끄럽긴 하지만

눈앞에 보이지 않을 때도
당신을 바라보며
떠도는 낱말들을 모아 보니

어떤 이는 이것을
'시'라고 부르더랍니다.

바람과 바람

북쪽에서 남쪽으로 불어오는 바람이
눈에 보이지 않아도
찬 계절이 왔음을 알게 하듯이

내 마음 안에 불어오는 표현이
바람의 경로를 따라
당신 앞에 도착하기를 바랍니다.

바람이 거세지는 계절 탓에
당신 앞에 서 있던 내 심장
몹시도 떨렸습니다.

유독 추워하는 당신을
더 붙잡아 둘 재주가 없어

그저 그런 심심한 인사가
마지막이 되었습니다.

말로 표현할 길이 없어
지난봄 따뜻한 빛깔로 피었던
노란 꽃의 홀씨를 간직해 두었다가

바람 편에 보내 드립니다.

부디
당신이 항상 다니는 길가에 피어
따뜻한 미소를 지었노라

새봄의 바람에게
전해 듣기를 기다립니다.

고운 마음 밭을 먼저 일구면

고운 마음 밭을 먼저 일구면
아마 그때는
씨앗이 찾아들어 싹을 틔우고
장성한 나무가 되어 그늘을 만들겠지요.

그러면
새들이 날아들어 둥지를 틀고
바람 타고 여행 다니던 홀씨들이 찾아와
꽃을 피워 그들과 친구가 되어 줄 겁니다.

쉴만한 곳을 찾는 이들도 이곳으로 모여
자잘한 이야기들이 피어나겠지요.

그때가 되면 그곳에
유독 눈에 들어오는 당신도
있을 것만 같습니다.

우리의 시간

세상의 빛들이 물러가고
오직 하나의 빛

달만 홀로 둥글게 뜬 밤

이제야 간신히
말이라도, 마음이라도
이야기해 볼 수 있는 시간.

반쪽의 밤

당신의 아픔이 반쪽의 밤이 되고
나의 아픔이 다른 반쪽의 밤이 되어

낮이 저물고
우리가 마주한 까만 밤

유일하게 빛나는 것은

서로를 바라보는
그대와 나의 눈.

그 시절 당신이

그 시절 당신이
어떤 아픈 날

슬픔이 가슴을 꾹 눌러
목 놓아 울어 보지도 못하고

숨이 차오른 걸음
그 무거운 걸음 위에
만만찮은 짐을 등에 얹고

고단한 길을 걸어야만 했다면

몇몇 사람들의 갈채 속에 서 있었더라도
그 순간의 시간을 돌아서서

당신의 방으로 돌아오는 길이
지나는 길가의 모든 창이 불을 꺼 버린
깜깜한 밤을 지나듯

참 많이도 허전했다면

지금 당신이 걷고 있는 길
몇 걸음만 더 걸어오면

달조차 외면한 밤
유일하게 잠들지 않은 집 한 채
그 집 문을 열면
보이는 사람

깊은 시간까지
당신을 생각할 수밖에 없는

나일 겁니다.

당신의 눈물을 보는 날

당신이 지나온 삶에서
가장 아픈 날 있었다면

숨 가쁘게 지내 오느라
제대로 울어 볼 수조차 없었다면

애써 마음 저쪽 구석에 넣어
닫아 둔 슬픔이
눈물로 흐르더라도

나는
뭐라 하지 않을게요.

내가 본 그 눈물이
음성 없이 전하는
그 깊은 이야기들

내 마음의 시와 노래로
아름답게 새겨 놓을게요.

함께 맞이하는 계절

겨울과 봄 사이에는
문이 있나 봅니다.

알록달록 꽃이 피어난 경치를 보라고
문을 열어 둔 당신은
누구신지요?

우리의 마음을 뭐라고 할까

사랑이라 말하기에는 흔하고
너무 흔해서 표현 말자 하니 서운한데

그 옛날

사람의 흔적이 보이지 않던 땅에
첫발을 내딛고

올려다본 하늘에 처음 발견한
행성들의 이름을 지어 주었던

세상에 없던 정의들을 만들어 낸
발견자들처럼

서로를 바라보자.
서로를 불러보자.

나는 당신을 무어라 부를까.
당신은 나를 어떻게 부를까.

사는 의미

고통에서 탄생한 진주
척박한 땅에도 꽃피운 생명

사람들은 아름답다
감탄하며 찬사를 보내지요.

저마다 한 철 뽐내던 아름다움이
찬바람이 들며 작별을 고하고
뒤늦은 계절

그제야 피어난 나를
보신다면

꿋꿋하게도 피어났구나!
애정을 가득 담은 시선으로
들여다봐 주시겠습니까?

그것만으로
이 삶은

의미를 가집니다.

당신의 겨울에

당신의 겨울에
내가 남아 있기를.

한때 무성했던
버거운 잎새들

다 떨쳐내고

오롯이 남은 가지 하나
내가 되어

새봄이
나비처럼 날아들어

푸르고 단단한 초록 봉오리
피어나기를.

마음 밭 농부

마음 밭 농부

어느 날
예고 없이 찾아든 사랑 씨앗이
마음 밭에 싹을 틔웠어.

싹이 자라 굵은 나무줄기를 가지며
무성한 푸른 잎을 뽐내면서
마음 밭 한가운데 자리 잡았어.

마음 밭의 주인은
나무가 만들어 주는 그늘이
안락하고 좋았지만

시간이 갈수록
나른해진 마음 밭의 주인은

나무도 밭도
돌보지 않았대.

그러다 마음 밭에는
가시엉겅퀴가 들어와 사랑 나무를 뒤엎고
돌멩이들이 굴러들고
잡초들이 자리 잡아

마음 밭은 엉망이 되고 말았어.

황폐해진 밭의 나무는 생기를 잃어
점점 시들어 갔고

무척이나 가물던 그 여름이 지나서는
결국, 말라 죽었어.

그제야 마음 밭의 주인은
가시엉겅퀴를 치우고 돌멩이를 골라내며
물도 주었지만

이미 늦어 있었대.

사랑 나무를 충분히 돌보지 않았던 날들을
후회하며 눈물 흘렸지만
소용없는 일이었지.

심장이 날카롭게 찔리는 것처럼
아픈 일이지만

바짝 말라 버린 사랑 나무를
뿌리까지 뽑아내기로 했어.

심장 한가운데에
큰 구멍이 나는 것처럼
공허했지.

마음 밭 농부는
단단한 밭을 다시 부드럽게
정성으로 땅을 갈아 일구며
좋은 밭으로 만들고 있대.
지금까지도.

언제든 다시

사랑 씨앗이 수줍게 찾아오면
굳건히 자라도록.

희망하며

희망하며

아이가 첫걸음을 걸을 때

이전에 보던 시야보다 더 넓게
두 발로 딛고 일어서
새롭게 세상을 바라볼 때

아이의 온몸에 잔뜩 힘이 들어가 있겠지요.
어설프게나마 자신의 다리로
몇 걸음 걷다 넘어지기도 합니다.

제 마음 안에
덩치 큰 아이가 이제 걸음을 배웁니다.

두 다리에 힘이 실리기까지
시간이 조금 오래 걸렸나 봅니다.

뒤뚱거리고 우스워도
몇 걸음 채 걸어보지도 못하고 넘어진들
뭐, 어떻습니까?

조금 더 있으면
잘 걸어 다닐 테지요.

장마

거세게 내리붓는 장마도
무섭게 몰아붙이는 태풍도 물러가고

움츠러들기만 했던 시기를
걷어 낼 수 있는 날
오기 마련이니

무겁게 내린 구름들도
그 무게를 덜어 낸, 그런 맑은 날

마음에 있다면

이 밤에 요동치는 뇌성에도
두려움 없는 눈으로

성난 하늘의 얼굴
그 너머를 바라본다.

봄이 옵니까

찬 계절
혹독한 시절을 지나

봄이 옵니까?

마음에 봄을 품고 산다면
매 계절이 봄 아니겠습니까?

바라건대

한 걸음 나아가지 못할 만큼
암담한 어둠을 견디는 이유

곧 이 어두움을 깨뜨릴 아침을
마음에 품고 있기 때문이다.

아프게 지내왔던 어제와
막막한 오늘을 버티기 위해

그래도 내일을 희망하며
거창한 꿈에 취해서라도
살아가는 사람이 있다.

서늘한 밤공기와 새벽바람을
여러 날 맞다 보면

저어기 반대편 어느 나라
여행 다녀온 아침이 오겠지.

비웃지 마셔요

하늘의 별과 달을
담기를 바라는 불가능한 꿈

비웃지 마셔요.

숱한 밤을 보내며 내쉰 한탄과 한숨을 모아
강을 만들고

그 강에 달과 별의 빛이 비칠 때
그렇게 함께하려 합니다.

어떤 밤

각자의 창에 비치는 불빛들이
하나둘 사라져 가고

고요하고 어두운
잠들 수 없는 밤

어느 건물 하나
빛 한 점 내어주지 않는
차가운 시간 속에 있더라도

더 높이 눈을 들어 올려다본
하늘에 비치는
별들과 달, 하나

서늘한 피부를 가만히 덮어 주는
은은한 빛

그것만으로 견딜 만한 밤.

어떤 밤 2

어두운 밤 차가운 밤
홀로 뜬 별 하나
나를 내려다보는 밤

고단했던 지난 낮
쏟지 못한 눈물을
한껏 쏟아 내어도

은은한 위로가 있어

하늘 향해 얼굴 들어
별의 곁을 꿈꾸는 밤.

젊은이의 기도

젊으니까
희망과 좌절도, 기쁨과 절망도 겪는 거겠지.

지금 느끼는 행복이 훗날의 교만이 되지 않으며

오늘 짊어진 아픔이 내일마저 거두어 가지 않기를

이 작은 기도들이 모여
감동을 전할 수 있기를!

부탁

세상이 그대의 마음과 뜻, 몰라 주어도
슬퍼하지 마세요.
가슴 가득 품고 있는 찬란한
큰 포부를 원대로 펼쳐 나아가길
늘 고대하고 있습니다.

머지않아
환영받는 갈채 속에 우뚝 설 날이
반드시 올 것입니다.

부디, 그 새벽 별 아래
꿈꾸었던 청년의 소망을

꺾지 말아 주시기를
간곡히 부탁드립니다.

의지

두 발을 딛고 선 세상 어디에도
내가 들어설 자리 한 칸이 제대로 없어서

조물주도 실수하여
이리저리 발길에 치이는 돌멩이 같은 존재가
사람의 생을 잘못 얻어 태어났다 여겼습니다.

마음에 담아 둔 원망이 넘쳐
눈물이 되어 흐르는 줄로 알고 있었습니다.

그렇더라도
한 번만 더 살아 보면

눈앞이 안개로 뒤덮인 하루를
억지로 감아 내더라도

내일을 맞이해 보고 싶었습니다.

이정표

시선이 마주한 어떤 이를 따라갑니다.

이전에 마주하였던 시선들과는 다른
유일한 따스함 하나입니다.

그이는 아픔을 등에 지고도
묵묵히 희망을 향하는 먼저 걷는 사람입니다.

또 어느 날 꿈에서 그이는
사랑하는 연인이기도 합니다.

아니면
소망이 끊어졌던 날부터 잠시 헤어진
그리운 선생님 같기도 합니다.

꿈과 현실이 뒤엉켜
땅 위로 걷는지 구름 위를 걷는지
알 수 없지만

잃었던 방향을 안내하는
마주한 시선을 따라갑니다.

이전에 마주하였던 시선들과는 다른
유일한 따스함 하나입니다.

어제를 걸어 멈춰 선, 오늘

어제를 걸어 멈춰 선, 오늘

바다를 앞에 두고
모래사장에 등을 대고 누워

별빛 내리는 하늘을 바라본다.

검고 깊은 천장에
누가 금 열매 매달아 놓았나.
금빛으로 익은 열매 바다에 떨어진다.

하늘을 사모하여 그의 색을 닮아 버렸다는
바다 위로 금빛 물결 반짝인다.

밤하늘 아래 바다 한번 보지 않고
지나쳐 간 사람들은 말한다.

이룰 수 없는 것들은
떨어져 버려지는 것이다

어제를 걸어 밤바다 앞에 멈춰 선
나는 안다.

오래전 언덕이 넓은 바다가 되도록
하늘을 사모하여

어느 반짝임 하나도 버리지 않고
담아 주고 있는 것을

나는 안다.

나는 행복한 사람이다

빈 마음 가지고 길을 걷지만

숨을 내쉬며 지나는
계절이 주는 풍경들을
담을 자리가 있어서

나는 행복한 사람이다.

행복하길

가끔은 기억한다.
이미 오래된 이야기

이따금씩 추억이 주는 위안에서
반 토막의 행복을 얻는다.

회상 속에 살던 소년아
오늘과 내일을 살고 있는 청년아

부지런히 마련한
그대들의 공간에서

부디, 행복하길.

가을은 말한다

가을은 말한다.
자신처럼 버리라며.
지난 철의 무성한 잎을 태워
미련 없이 버리는 자신처럼
지난날의 욕심을 버리라며.

가을은 말한다.
자신처럼 베풀라며.
어리고 푸른 곡식을 거둬
많은 이에게 나눈 것처럼
시련을 거둬 사랑을 베풀라며.

가을은 말한다.
세월 속에 한 계절을 맡기듯
순리대로 흐르는 시간 속에
부질없이 차오른 초조함을 맡기고
평온한 마음으로 살아가라고.

가을은 말한다.
푸르고 높은 미소처럼
검은 시기와 미움을 잊고
가을 하늘만큼 맑은 빛으로
모든 것을 포용하라고.

한겨울에

혹한의 추위
코끝이 새빨개지고
손발이 시린 게
삶이라 느껴져도

겨울에는
겨울의 풍경을 즐겨.

늦었더라도

나의 심장이 유리로 만들어져
몇 번의 충격에도
조각조각 부서진 날카로운 유리 조각들을
거둘 새도 없던
그런 날이 있었습니다.

가슴을 시퍼런 멍이 들도록 내리쳐도
아픔조차 느낄 수 없던 날

그렇게 표현하면
어느 정도 설명이 될 듯합니다.

그때,
곁에 다가온 이들이

그들의 연한 살들이
내 유리 조각에 찔려

상처를 입었습니다.

그들도 그들 자신을 보호해야 하기 때문에
멀어졌지요.

다만 지금은

그들 곁에 향기 있는 길을
함께 걷는 다정한 이가 있기를
바라기만 합니다.

행복으로 덮은 상처도 아물어
살아가기를

멀리서나마
뒤늦게라도 남겨 둔
이 마음이

언젠가는 도착하기를.

기도문

지나온 나날들을 생각해 봅니다.
나를 대신해 울어 주던 구름 새 한 마리

바람 타고 날아
나의 등 뒤로 갈 길을 갑니다.

지난해 만나 보았던
나와 같은 이

거기 어디에 있나 봅니다.

인생이란
헤매고 헤매다
결국에는 자신의 색깔을 찾아 입는 것

자신의 색을 차려입고
가장 어울리는 배경 한 컷
하나의 색깔로
다른 빛들 사이사이
언제나 그랬던 것처럼
서는 것

다만
찾고자 하던 곳
도착할 때까지

하늘의 밤 구름이
반짝이는 길잡이별의 빛줄기 하나만

가리지 않기를 바란다고
하늘에 부탁드립니다.

남은 삶을 바라보는 기도

미움, 원망의 마음, 억울했던 일들
세상을 여행하는 나그네로 살며
차창 밖 스치는 여러 색 입은 풍경처럼
바라볼 수 있게 하소서.

감사하는 마음으로 기쁨을 피우고
기쁨이 풍성히 자라 사랑으로 열리는
나라를 향하여

어지러움과 혼동이 파도치는
저녁의 바다 위에서도

밤하늘 흔들림 없는 진리의 별빛 따라
감사와 기쁨, 사랑이 가득한 곳을
꿈꾸게 하소서.

내가 나인 채로
심장 뛰는 생명을 받고
세상을 향해 빈 몸으로 나오던 날

그 이전부터 예정되어 있다던

내게 주어진 몫의 의미와
삶에 대한 책임을 다하는 날
눈 감게 하소서.

다 태우고 있습니다

내 마음에 숲이 들어있다면
지금은 큰불이 나
다 태우고 있습니다.

생명을 잃어버린 낡은 것들 재가 되어
다음 계절이 실어 올 바람에
흩날려 보내 버리도록

내놓아 볼 것이라곤
썩은 뿌리뿐인 헐벗은 나무들도
허물어져 버리도록
다 태우고 있습니다.

너무 뜨거워서 그 누구도 발 들이지 못할 이곳

큰불이 멈추고
소나기가 지나가고
세월이 흘러 어느 날

다시 생명이 찾아드는 곳이 될 것입니다.

모든 것이 무너지고 허물어져도
푸른 싹 하나
새롭게 돋아날 것입니다.

무엇이 남아 있는가

모두 시들어 버려 떨쳐진
앙상한 시간

손으로 주워 든
씨앗 하나!

눈 감은 마음과 눈 어두운 마음이 흐르는 밤하늘에

마음속 상처가 아물고 떨어진
별 딱지 하나씩 꺼내어
밤하늘에 붙여 보면

어두웠던 밤
한 개의 별 딱지가 빛나고
두 개의 별 딱지가 빛나고
세 개의 별 딱지가 빛나고

그렇게 하나씩 나이 먹은 만큼
쌓아 두었던 상처의 조각들을
호수를 닮은 밤하늘에 띄워 보면
별의 빛이 물결을 이룬다.

누군가의 어두운 밤
얼굴을 들어 본 하늘에서
많은 별자리가 눈에 들어온다면

치열하게 앓고 아파 보던
많은 이야기의 흔적이라고.

새벽을 향하여

불안보다 더 크게 자라난 확신이
보이는 시간

빛 한 점 보이지 않도록
세상의 모든 밝은색을 꺼 버렸다고 해도

그 예전
작은 손으로 미리 불을 켜 두었던
마음속 촛불 하나가 횃불로 자라나

군살 박힌 한 손에는 횃불을 들고
다른 한 손은 낡은 문을 열고
막힌 벽을 밀어

힘이 생긴 두 다리로
새벽을 향해 걸어가는 시간.

아침을 꿈꾸는

내 마음 안에
오래 머물던
캄캄한 시간을 걷어 낸

창문에 드는 아침 햇살을
온몸 가득 안아 볼 수 있는 날

꿈꾸던 그런 날이 오면
그때는 꼭!
그대도 꼭!

만약, 나에게

만약, 나에게
내일이 없다면
허락된 삶이 오늘뿐이라면

새벽 일찍 일어나
하루 중 반나절이면 도착할 수 있는
경치 좋은 곳으로 가겠다.

그곳에 도착해서 점심을 먹고
풍성한 경치들을 눈에 가득 담아 두겠다.

그리고
해가 질 녘이 되면
희망이 담긴 글귀를 적어 놓겠다.

유언

인생을 재료 삼아
무언가 빚어 가는 중이라면

피부가 메마르며
검었던 머리 위로 겨울이 내려앉을 때에는

정성 들여 완성한 작품 하나만 남아 있으면
좋겠습니다.

단 한 사람의 손길에라도
귀하게 여겨져

이 세상 한 칸 어디에
그런 사람 살았더라

그 하나만 남아 있기를.

드문드문 찾아오는 발걸음이라도
옅은 미소를 머금은 얼굴이
이 정성 들여 빚은 작품의 표면에
비치면 좋겠습니다.

바라본다

하늘 가까이
높은 산 정상에 올라
탁 트인 경치를 바라보는 것처럼

사람을 바라본다면

내가 높이 있으니
네가 낮아 있으니

금 긋고 울타리를 높일 일이 없겠지요.

글을 쓰는 사람이라 말하기 부끄럽지만

글을 쓴 이의 변명

변명, 하나

달, 밤, 별

좋아하는 낱말 셋

달에 대하여

사납지 않은 밝기의 빛
피부를 태우지 않는, 상처받지 않는 빛
눈으로 보아도 온전히 자신을 내어주는
지구의 친구.

밤에 대하여

내일을 품고 있는 시간
소란스럽던 지난 낮 동안
시끄러웠던 마음을 다독여 주는 시간
아픔과 그리움이 선선한 바람 타고
시가 되고 노래가 되는 시간.

별에 대하여

사랑의 이름, 그리움의 이름, 희망의 이름
셀 수 없는 이야기들을 담고서
끝없는 하늘에 반짝이는 강과 바다를 이루었다는
하나하나 언제부턴가 거기 있던 귀한 사연들.

변명, 둘

누구에게나 한 번은 선물로 주어지는 '젊음'

혼란스럽고 아프고 기쁘고 행복하며
불안한 기대와 희망 한 움큼 손에 쥐는 시기

"너에게 청년의 시기란?"

눈을 뜨고 살아도 아무것도 보이지 않았던,
심장이 이끄는 시간

젊음을 기록하고 다시 살펴보면서 스스로를 보듬으며
조금이라도 다음 시간으로 나아갈 수 있도록
천천히 어린 시절부터 남겨 둔 흔적들을 정리해 보았습니다.

조금이라도 어른이 된 줄만 알았던 시작의 때
무엇보다 '마음' 없는 나날은 없었으면 원하던 푸르던 그때

어느 순간 잃어버린 마음을
공허한 가슴 안에 다시 채워 놓을 수 있었습니다.

아픔을 이제야 바라볼 수 있었고
무엇을 가지고 남을 날들을 걸을 것인가 확신을 가질 수 있었고
주어진 삶의 경로를 따라 묵묵히 살아가겠다는 것.

눈이 멀었던 심장은 비로소 자신의 시야를 가져 봅니다.

아마 이제부터는 제대로 걸을 수 있겠지요.
여전히 남아 있는 삶의 길 말입니다.

첫 번째 주제, 지나온 나날들

막 스물을 넘어선 한 사람의
꽤 많은 기억이
층층이 쌓인 먼지 덮인 수차례의 계절과
그 기억들을 지우기라도 할 듯
강한 해의 빛에 바래져
마음과 기억에는 거의 남아 있지 않지만

그때를 기록해 둔 글 몇 편이 남아 있습니다.

누구든 그 당시를 떠올려 보라며
마음의 물보라를 일으키려 해도
기억의 호수는 꽤 오래전 가물어
등 갈라진 마른 땅을 드러낼 뿐.

그 땅 위에 서서 볼 수 있는 것이라곤

지나온 나날들을
잘 보내 주어야 한다는 것

그래야만 하는 시간이 되었습니다.

두 번째 주제, 그래도 사랑

짝사랑 한번 진하게 하게 되었습니다.

마냥 좋은데 왜 머뭇거리고만 있을까.
무엇이 솔직하지 못하게 하고
도망하라고 할까.

예전, 아프게 지나와야 했던 일들에
여전히 붙들려 있기 때문입니다.

탐정처럼, 전사처럼
이유를 찾고 뽑아내어 멀리 던져 버리려다 보니
보이는 것

단지 물질로 값을 매겨
정성을 들여 귀하게 깎아 만들어 가고 있는
성실한 삶을 '0'의 가치로
헐값을 매기고 하찮게 여기는 일을 겪었습니다.

무시의 시선에 원망과 미움이
깊이 파고들어 온 마음을 뒤덮었습니다.

이러한 마음 안에
누구를 들어와 달라 요청할 수 없습니다.

하루하루
마음 안에 낡은 먼지 묵을 독한 것들 내어 버리고
정성과 사랑,
곱게 정리한 마음으로 바뀌는 날

곁에 있어 주었으면 하는 마음이 가깝게 오면

행성이 다른 행성과 충돌하여 변화가 일듯
예고 없는 것처럼

하지만
세상이 도는 운행의 질서 속 필연의 사건처럼

하나의 사건을 받아들이고도 다치지 않을
별자리 하나가 되는 날

그런 날이 올 때는
이 마음을 한 번쯤은 전해 볼 수 있지 않을까요?

.
.
.

내 기대를 바라지 않는 것
내가 이만큼의 마음과 정성을 다하니
되돌려 달라 요구하지 않는 것

이 두 가지가 짝사랑의 원칙입니다.

바라기만 하는 것은
혹시 고단한 날
이 마음 한번 열어 보고 힘이 나는 날 있다면
한 번 정도는 살짝 웃는 얼굴을 본다면 좋겠습니다.

세 번째 주제, 희망하며

어제, 오늘, 내일

세 단어 중에서
'내일'이라는 단어를 가장 좋아합니다.

마치 내일만 있는 것처럼,

살지를 말까
이대로 살지를 말까

한 번만 더 희망을 꿈꾸며
살아 보자 생각하니

그토록 원하던 희망을 품에 가득 담고 기다리는 낱말은
'내일'이 유일합니다.

오늘을 걸으며
내일을 희망합니다.

그런 마음들을 모아 책으로 묶어 세상에 띄워 봅니다.

어찌하면 좋을까 나와 당신을

1판 1쇄 발행 2022년 5월 4일

저자 정슬기

교정 윤혜원 **편집** 문서아
마케팅 박가영 **총괄** 신선미

펴낸곳 하움출판사 **펴낸이** 문현광

이메일 haum1000@naver.com **홈페이지** haum.kr
블로그 blog.naver.com/haum1000 **인스타그램** @haum1007

ISBN 979-11-6440-977-8(03810)